D0490539

First published 2001 by Uitgeverij Clavis, Hasselt

Published by Mantra Lingua
5, Alexandra Grove, London N12 8NU
www.mantralingua.com

Floppy Karanlıkta

Floppy in the Dark

Guido Van Genechten

Turkish translation by Talin Altun

Yaz o kadar sıcaktı ki havuçlu dondurmalar yenmeden erimeye başlıyordu. Gün boyunca tavşanlar suda serinliyorlardı ve geceleri de dışarıda, çadırlarda uyuyorlardı.
Floppy de dışarıda uyumak istiyordu.

The Summer was so hot that the sweet carrot ices melted before the first lick. During the day the rabbits cooled down in the water and at night they slept outside, in tents.
Floppy wanted to sleep outside too.

"Tek başına korkmayacakmısın?" sordu babası.
"Korkmayacağım," dedi Floppy cesurca.

"Won't you be scared all alone?"
asked dad.
"I won't be scared," said Floppy bravely.

Three strong branches and one old blanket was all it took to make a tent. Putting it up wasn't easy but Floppy knew how.
"Won't you be scared all alone?" asked mum.
"I won't be scared," said Floppy bravely.

Çadır yapmak için gerekenler üç tane
kuvvetli dal ve bir tane de battaniyeydi.
Çadırı dikmek kolay değildi ama Floppy nasıl yapılacağını biliyordu.
“Tek başına korkmayacakmısın?” sordu annesi.
“Korkmayacağım,” dedi Floppy cesurca.

Soon it was time for bed.
Mum gave Floppy a torch and LOTS of kisses.

Uyku vakti gelmişti.
Annesi Floppy'e bir fener ve bolca öpücük verdi.

Birşeyler atıştırma vaktinin geldiğini düşündü Floppy. Çadırda havuçların tadı farklıydı. Macera ve tatilleri anımsatıyordu.

Time for a snack thought Floppy. The sweet carrot tasted different in a tent. It tasted of adventure and holidays.

Floppy kahraman pelerinini taktı.
Artık kimse onu yenemezdi!

Floppy put on his hero's cape.
Nobody could beat him now.

Floppy fenerini yastığının arkasına, yorganın altına, ellerini arasına hatta ağzının içine yansıttı.

Floppy shone his torch behind the pillow, under the blanket, through his paw and even into his mouth.

Gölgelerle hayvanlar ve
canavarlar yarattı.
Sonra birden bire...

He made shadow animals and snapping monsters.
Then suddenly...

KARANLIK!

Fener sönmüştü ve çadır artık aynısı değildi.

Herşey farklı duyluyordu. Geceyi garip sesler sardı.

Bir baykuşun ötüşü! Bir kurbağanın vıraklaması, yoksa kurbağa taklidi yapan bir kedimiydi? Tilki gibi dişleri olan kocaman bir kedi. Floppy daha fazla dayanamadı ve kulaklarını tıkadı.

DARKNESS!

The torch had gone out and the tent didn't feel the same anymore.

Everything sounded different too. Strange noises filled the night. The screech of an owl WHOOO! The croak of a frog, or was it a cat pretending to be a frog. A great big cat, with teeth like a fox.

Floppy couldn't bear to hear any more, so he stuffed his ears.

Birden bire karanlık bir şekil gördü, sonra bir tane daha. Ona doğru geliyorlardı ve geldikçe büyüyorlardı.
"İMDAT," diye fısıldadı Floppy, "karanlık beni yakalamaya geliyor!"

Suddenly he saw a dark shape and then another. They were coming towards him, getting bigger and bigger.
"HELP," whispered Floppy, "the darkness is coming to get me!"

Yorganının altına saklandı,
derinlerde, ama karanlık hala
ona doğru geliyordu.

He dived under the covers,
deeper and deeper, but
still the darkness was
coming to get him.

"AAAAAAAAA!" diye çığlık attı Floppy ve çadırından bir canavar gibi koşarak kaçtı.

"AAHHH!" screamed Floppy as he stormed out of the tent looking like a wild wood monster.

“Karanlık beni yakalamaya çalıştı,” diye ağlandı Floppy. “Artık bitti,” diye sakinleştirdi onu babası. “Biz seninle çadırında kalırız.”

“The darkness tried to get me,” sobbed Floppy. “It’s alright now,” dad comforted him. “We’ll stay with you in your tent.”

"Uyuyamadığımız için dışarı çıktık," dedi annesi. "Ve sonra çadırından koşarak kaçan bir canavar gördük."
"Tabi ki sen olduğunu biliyordum," diye övündü babası.
"Ama dizlerin titriyordu," diye hatırlattı annesi.
Floppy çığlıklarla güldü:
"Canavar diye birşey yok ki. **Grrrr**!"

"We couldn't sleep so we came outside," said mum. "And then we saw a wild wood monster running from your tent."
"Of course I knew it was you," boasted dad.
"But your knees were trembling," mum reminded him.
Floppy shrieked with laughter. "There's no such thing as a wild wood monster. Grrrr!"